Texte traduit de l'anglais par Isabel Finkenstaedt

Titre de l'ouvrage original : MY DAD
Éditeur original : Transworld Publishers Ltd., Londres
Copyright © A.E.T. Browne and Partners 2000
Tous droits réservés
Pour la traduction française : © Kaléidoscope 2000
Loi n° 49.956 du 16 juillet 1949 sur les publications
destinées à la jeunesse : mars 2000
Dépôt légal : juillet 2007
Imprimé en Chine

www.editions-kaleidoscope.com

Diffusion l'école des loisirs

Anthony Browne

Mon papa

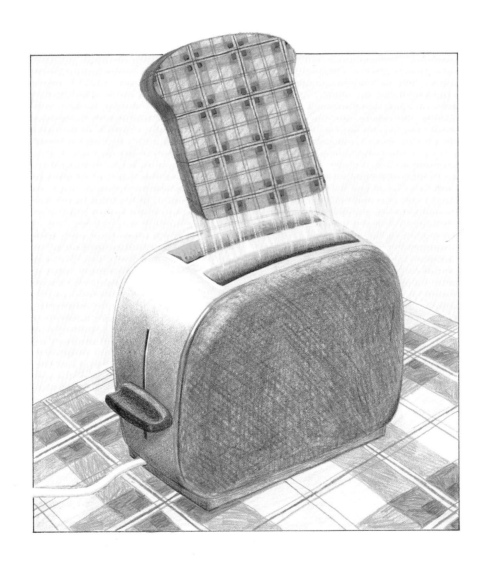

kaléidoscope

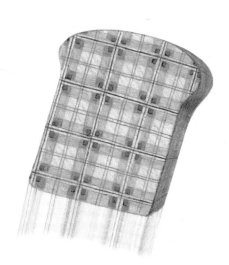

Il est bien, mon papa.

Mon papa n'a peur de RIEN,

pas même du Grand Méchant Loup.

Il peut sauter par-dessus la lune,

et marcher sur une corde raide (sans tomber).

Il pourrait lutter avec des géants,

ou gagner　　　　la course des papas
　　　　　　　à l'école, sans problème.
Il est bien, mon papa.

Mon papa a un appétit de cheval,

et il nage comme un poisson.

Il est fort comme un gorille,

et heureux comme un hippopotame.

Il est bien, mon papa.

Mon papa est grand comme une maison,

et doux comme mon nounours.

Il peut être aussi sage qu'un hibou

et aussi bête qu'un balai.

Il est bien, mon papa.

Mon papa est un danseur génial,

et un chanteur extraordinaire.

C'est un formidable joueur de foot,

et il me fait rire. Beaucoup.

J'aime mon papa.
Et vous savez quoi ?

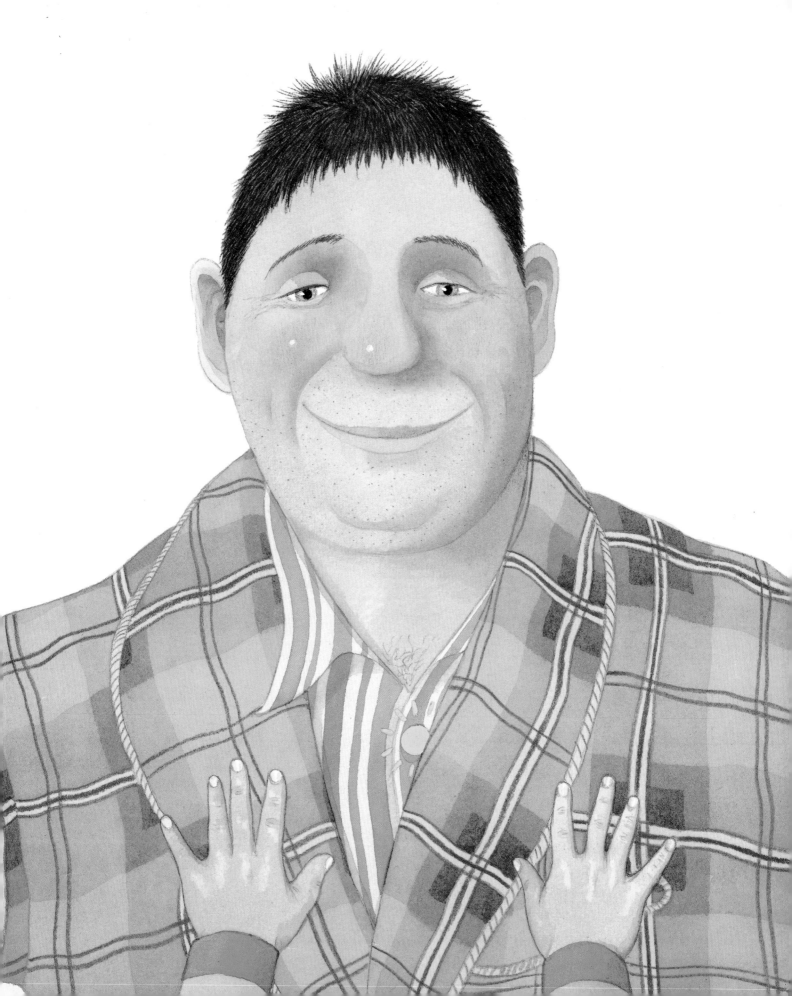

IL M'AIME !

(Et il m'aimera toujours.)

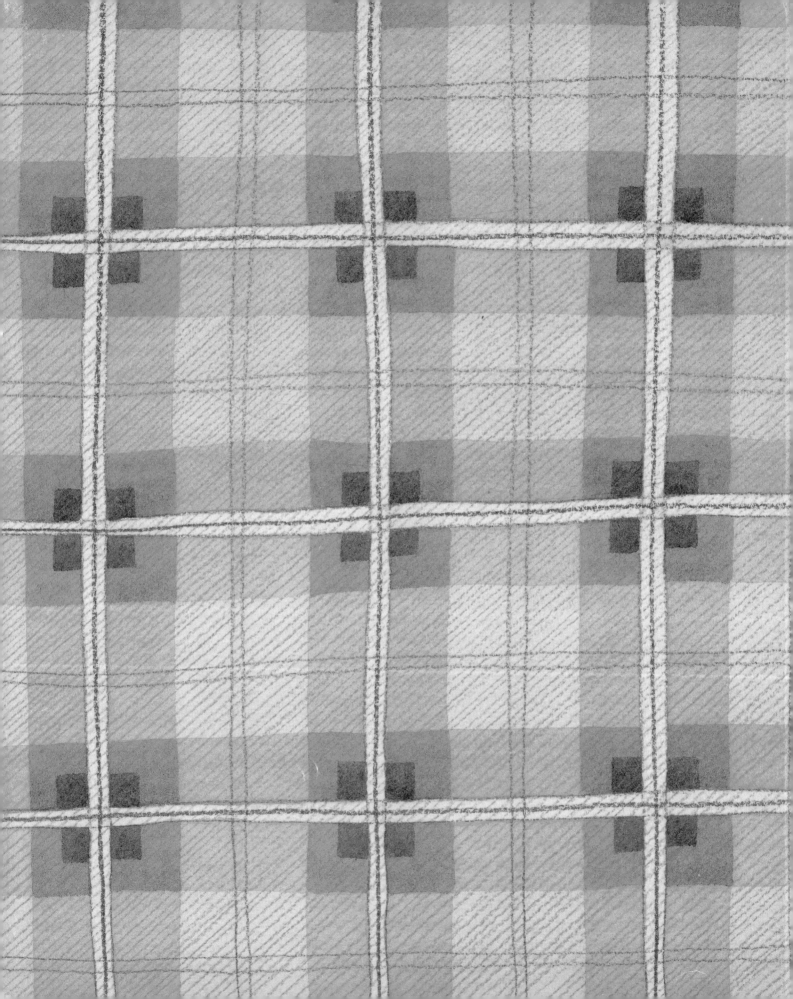